AF356785

TABLEAUX ET DESSINS

ANCIENS ET MODERNES

EXPOSITION PUBLIQUE
LE DIMANCHE 4 DÉCEMBRE 1887

DE UNE HEURE A CINQ HEURES

<table>
<tr><td>COMMISSAIRE-PRISEUR
Me MAURICE DELESTRE
27, rue Drouot, 27</td><td>EXPERT
M. E. FÉRAL, peintre
54, faubourg Montmartre, 54.</td></tr>
</table>

IMPRIMERIE D. DUMOULIN ET Cie

Rue des Grands-Augustins, 5, Paris.

[illegible]

[illegible]

[illegible]

[illegible]

[illegible]

CATALOGUE

DE

TABLEAUX ET DESSINS

ANCIENS ET MODERNES

ŒUVRES DE

BOILLY, CH. JACQUE, METTLING, MIRALLÈS, TROYON, ETC.
BOUCHER, CASANOVA, CHARLET, DE CURZON
X. DE COCK, FRAGONARD, GAVARNI, HÉBERT, LÉPICIÉ
MALLET, OUDRY, ROULANDSON, TH. ROUSSEAU
ROYBET, WILL, ETC.

BEAU PORTRAIT DE D. DUMONSTIER

CADRES EN BOIS SCULPTÉ

DONT LA VENTE AURA LIEU

HOTEL DROUOT, SALLE N° 5

Les Lundi 5 et Mardi 6 Décembre 1887

à deux heures

Par le ministère de Mᵉ **Maurice DELESTRE**, Commissaire-Priseur
27, rue Drouot,

Assisté de **M. E. FÉRAL,** peintre-expert 54, faub. Montmartre,

Chez lesquels se trouve la présente Notice

EXPOSITION PUBLIQUE : le Dimanche 4 Décembre 1887
De une heure à cinq heures

CONDITIONS DE LA VENTE

La vente sera faite au comptant.

Les acquéreurs payeront cinq pour cent en sus des enchères applicables aux frais.

DÉSIGNATION

TABLEAUX MODERNES
ET ANCIENS

1 — **Boilly** (Louis). — Portrait de femme.

2 — **Boilly** (Louis). — Portrait d'Antoine Dubois.

3 — **Boilly** (Louis). — Portrait d'homme.

4 — **Boilly** (Louis). — Portrait d'homme.

5 — **Cabat.** — Pâturages coupés par un cours d'eau. — Aquarelle marouflée et vernie.

6 — **Cottin.** — Poules et objets divers.

7 — **Cottin.** — Lapins et légumes.

8 — **Decamps** (d'après). — Arabes à la porte d'un palais.

9 — **Jacque** (Ch.). — Femme montant un escalier.

10 — **Jacque** (Ch.). — Porcherie.

11 — **Lecomte** (Paul). — Entrée de village. — Effet de neige.

12 — **Mettling** (L.). — Vieille paysanne assise.

13 — **Mettling** (L.). — Paysanne mangeant la soupe.

14 — **Miralles** (F.). — Jeune femme couverte d'un manteau de fourrures.

15 — **Monogramme** (Th.-L.). — Un coq.

16 — **Pittara.** — Le Jardin.

17 — **Rousseau** (attribué à Th.). — Paysage avec chaumière. — Étude.

18 — **Schelfout.** — Paysage avec chasseurs.

19 — **Troyon** (C.). — Le Passage du gué.

20 — **Ecole Espagnole.** — Portrait de femme tenant des fleurs de jasmin. — Fin petit portrait sur cuivre.

21 — **Ecole Française.** — Jeune fille tenant un masque.

22 — **Ecole Italienne.** — Le Christ couronné d'épines.

23 — **École Gréco-Russe.** — Le Christ devant Pilate.

24 — **Ecole Moderne** (genre de Corot). — Les Étangs de Ville-d'Avray.

AQUARELLES ET DESSINS

GOUACHES ET PASTELS

25 — **Boucher** (F.). — Bergère vue de profil. — Joli dessin, rehaussé de pastel.

26 — **Casanova.** — Cavaliers en marche. — Cavalier devant une tente. — Deux dessins au crayon noir, rehaussés de blanc, dans le même cadre.

27 — **Charlet.** — Enfants faisant l'aumône. — Mine de plomb.

28 — **Curzon** (A. de). — Femme italienne faisant du tricot. — Mine de plomb.

29 — **Decamps** (genre de). — Un Turc. — Sépia.

30 — **De Cock** (Xavier). — Animaux sous la garde d'une petite bergère. — Aquarelle.

31 — **Delaroche** (attribué à P.). — Deux pendants : Richelieu et Mazarin. — Aquarelles.

32 — **Gavarni.** — Le Chapeau à soupape. — Aquarelle.

33 — **Gavarni.** — Vieillard, en buste, la tête de profil. — Dessin à la plume.

34 — **Gianh** — Les Champs de courses. — Feuille d'Eventail.

35 — **Greuze** (d'après J.-B.). — La petite Dormeuse et la Dévideuse. — Deux pastels, dans des cadres ovales finement sculptés.

36 — **Hébert.** — Les laveuses de Cantalupo. — Aquarelle.

37 — **Lanjalley** (M.) d'après Guillemin. — Le Passage du gué. — Aquarelle.

38 — **Lépicié** (N.-B.). — Enfants jouant aux dés. — Joli dessin à la sanguine.

39 — **Mallet**. — La lettre de recommandation. — Aquarelle gouachée.

40 — **Mallet**. — Jeune femme causant et faisant de la couture. — Fine petite gouache.

41 — **Metzu** (attribué à G.). — Un Fumeur. — Mine de plomb.

42 — **Nicolay** (Nicolas de). — Personnages orientaux.— Quatorze dessins, à la sépia, gravés dans le voyage du sieur d'Aramont, ambassadeur du roi près le Grand Turc.

43 — **Oudry** (J.-B.). — L'Escalier d'un parc. — Dessin au crayon noir, rehaussé de blanc.

44 — **Rodalsperger** (Jacques). — Roses, dans une cruche de grès. — Aquarelle.

45 — **Roulandson**. — Un marché. — Gens en voyage. — Deux aquarelles.

46 — **Rousseau** (Th.). — Paysage avec chaumière. — Mine de plomb.

47 — **Roybet**. — Page assis. — Dessin à la plume.

48 — **Troyon** (C.). — Bords de rivière avec pêcheurs dans leur bateau. — Pastel.

49 — **Will** (J.). — Village au bord d'une rivière. — Aquarelle.

50 — **Ecole Française**. — Nymphe au bain. — Gouache dans un cadre en bois sculpté.

51 — **Ecole Française.** — Jeune Femme attachant sa sandale. — Sépia.

52 — **Ecole Française.** — Pastorale. — Dessin au trait.

53 — **Ecole Moderne.** — Espagnol buvant. — Aquarelle.

54 — **Ecole Moderne.** — Guirlande de fleurs. — Gouache.

55 — **Têtes d'Empereurs romains.** — Deux bas-reliefs en bronze, dans le même cadre.

56 — Sous ce numéro seront vendus des cadres en bois sculpté.

TABLEAUX ANCIENS

ET MODERNES

Appartenant à M. X...

57 — **Bilcoq**. — Le Colporteur.

58 — **Charlet**. — Episode de 1815. — Signé.

59 — **Daumier**. — Trop tard ! — Signé des initiales.

60 — **Defaux**. — Paysage. — Signé.

61 — **Diaz** (Attribué à). — Halte de Bohémiens. — Signé.

62 — **Droogsloot**. — Paysage avec figures. — Signé des initiales et daté 1637.

63 — **Droogsloot**. — Paysage avec figures. — Signé, à gauche.

64 — **Fragonard** (H.). — Le Sommeil de l'Amour. — Esquisse.

65 — **Goya**. — L'Amour de l'or et l'Amour du vin.

66 — **Jantijck** (M.). — Au Théâtre. — Signé et daté 1882.

67 — **Isabey**, d'après (E.). — Marine.

68 — **Lazerges** (H.). — Paysage. — Signé et daté 1872.

69 — **Manet**. — Scène d'intérieur.

70 — **Michel** (attribué à George). — Paysage avec figures et animaux.

71 — **Prud'hon** (d'après). — Idylle.

72 — **Ecole moderne.** — Sur la Tamise. — (Attribué à
Bonington).

72 *bis* — **Ecole moderne.** — Voyageurs, dans un che-
min creux. — Effet de soleil couchant.

73 — **Ecole moderne.** — Idylle. — Etude.

74 — **Ecole moderne.** — Marine.

75 — **Ecole moderne.** — Paysage avec figures et animaux.

DESSINS

ANCIENS ET MODERNES

76 — **Aubry.** — Une Mère et ses enfants. — Sépia.

77 — **Barthélemy.** — Flore et Zéphire. — Projet de
plafond. — Aquarelle.

78 — **Boissieu** (J. de). — La Chaumière abandonnée. —
Encre de Chine, a été gravé, cadre sculpté.

79 — **Boucher** (F.). — Le Berger, gravé en contre-par-
tie, par Demarteau.

80 — **Boucher** (attribué à F.). — Les Amants. — Dessin
à l'encre de Chine, pour illustration.

81 — **Bramer**. — Intérieur du palais de l'Inquisition. — Plume et encre de Chine.

82 — **Cambiaso**. — Vulcain enveloppant Mars et Vénus dans un filet à mailles d'acier. — Plume et sépia. — Au verso : des études pour le même sujet.

83 — **Cambiaso**. — Danse d'Amours.

84 — **Caresme** (Ph.). — La Culbute — Aquarelle.

85 — **Caresme** (Ph.) — Bacchanale.

86 — **Casanova**. — La Diseuse de bonne aventure et le Concert. — Deux aquarelles.

87 — **Cerquozzi**. — Bataille. — Plume et Sépia.

88 — **Chaigneau** (F.). — Sous ce numéro qui sera divisé. 10 *dessins ou aquarelles*. — Paysages et animaux.

89 — **Clodion**. — Têtes de satyres.

90 — **Cochin** (Ch. N.). — La Laitière et le Pot au lait. — L'Ours et les deux Compagnons. — Denx beaux dessins, à la mine de plomb, d'après Oudry (gravés).

91 — **Costa** (Thomas). — Cléopâtre. — Aquarelle.

92 — **Delafosse** (Ch.). — Arc de triomphe. — Dessin à l'encre de Chine, animé de jolies figures.

93 — **Desrais**. — Groupe d'amours. — Plume et encre de Chine.

94 — **Desrais**. — Douze petits sujets et un frontispice pour la *Petite Mythologie des Dames*. — Plume et enere de Chine.

95 — **Detaille** (Edouard). — La Merveilleuse. — Aquarelle gouachée.

96 — **Detaille** (Ed.). — Une Folie. — Aquarelle.

97 — **Detaille** (Ed.). — Croquis divers, reproduits pour la *Vie moderne.* — Signé.

98 — **Dibdin-Quâst.** — La Tentation. — Curieuse composition, signée et datée 1749. — Crayon et aquarelle. — Cadre en écaille.

99 — **Dumonstier** (Daniel). — Portrait présumé de saint Vincent de Paul, vu, en buste, de trois quarts, la tête tournée vers la droite ; front chauve, barbe blanche. — Très beau dessin, d'une remarquable finesse d'exécution, à l'estompe, légèrement coloré.

100 — **Dumonstier** (D). — Portrait d'Henri de Lorraine, duc de Guise.—Collection du comte de la Béraudière.

101 — **Duplessis-Bertaux.** — Armée traversant une ville. — Fin dessin, à la plume.

102 — **Dupré** (Jules). — Paysage, signé.

103 — **Eïsen** (François). — La Promenade publique. — A la plume.

104 — **Eïsen** (F.) — Mucius Scævola. — Venceslas. — Vignettes, à la sanguine, sur vélin, pour l'illustration des Chefs-d'œuvre dramatiques, publiés par Marmontel, signées et datées 1773 (gravées).

105 — **Fragonard** (Honoré). — Concert d'anges, d'après Le Guide. — Plafond de la chapelle San Domenico, à Bologne.

106 — **Fragonard** (H.). — Etudes de femmes dans diverses attitudes, d'après P. de Cortone, du Palais Pitti.

107 — **Fragonard** (H.). — Une Pythonisse. — Un Docteur. D'après Michel-Ange.

108 — **Fragonard** (H.). — Un Miracle, d'après P. Véronèse. — (Eglise Saint-Georges, à Vérone). — Quatre vigoureuses études, à la mine de plomb, exécutées pendant son voyage en Italie.

109 — **Gillot** (Claude). — Réunion de diables. — Beau dessin lavé à la sanguine et rehaussé de blanc. La gravure y est jointe.

110 — **Gillot** (Cl.).—Le Triomphe de l'Amour, sanguine.

111 — **Gillot** (attribué à Cl.). — Scène des *Plaideurs*, de Racine. — A l'encre de Chine, sur papier bleu.

112 — **Goya.** —La Capa.— El Balero. Deux dessins. — Scènes de Taureaumachie, à l'encre de Chine. Collection Madrazzo.

113 — **Goyen** (van). — Paysage avec personnages. — Encre de Chine.

114 — **Hervier.** — Femmes et Enfants. —Deux croquis, à l'aquarelle.

115 — **Hilair.** — Officier persan, debout sur un rocher. — Sépia.

116 — **Hoin.** — Une offrande à Bacchus. — Aquarelle.

117 — **Horemans.** — Au Tonneau! — La Buveuse. — Deux croquis, à la sanguine.

118 — **Hubert-Clerget.** — Sous ce numéro qui sera divisé: *vingt dessins ou aquarelles.* — Paysages.

119 — **Hubert-Robert.** — La Villa Madame, à Rome. — Signé. — Collection His de Lassalle.

120 — **Huet** (attribué à).— Les Amants surpris.— Deux aquarelles.

121 — **Lafage** (Raymond).— Une Bacchanale.— Plume et encre de Chine.

122 — **Lafage** (R.). Moïse tenant les Tables de la Loi. — Plume.

123 — **Lagneau.** Portrait présumé de Henri IV. — A l'estompe.

124 — **Lagneau.** — Portrait d'homme.

125 — **Lancret** (attribué à N.). — Trois Jeunes femmes debout. — Berger appuyé sur un bâton. — Deux dessins, sanguine et crayon noir, rehaussés de blanc.

126 — **Larue.** — Sujet mythologique. — Sépia, pour un dessus de boîte.

127 — **Lavreince** (attribué à). — Le Remède. — Encre de Chine et aquarelle.

128 — **Lemud** (F.). — Le Rendez-vous. — La Halte. — Deux aquarelles, sur la même feuille

129 — **Léoni** (Ottavio).—Tête de femme.—Tête de femme. —Deux dessins, au crayon noir, rehaussés de blanc.

130 — **Lépicié.** — Portrait de fillette, coiffée d'un bonnet. — Crayon noir et sanguine, rehaussé de blanc.

131 — **Lépicié**. — La ménagère. — Mine de plomb et sanguine.

132 — **Le Prince**. — La bonne aventure. — Crayon et sépia. — (Encadré).

133 — **Le Prince**. — Mascarons d'ornements chinois. — Aquarelle.

134 — **Maas** (Dirck). — Canal glacé avec patineurs. — Aquarelle.

135 — **Marillé**. — Rosalie. — Dessin à la plume, pour l'illustration d'une Nouvelle de Baculard d'Arnaud.

136 — **Martinet**. — Batailles. — Cinq jolis dessins, à la sépia, avec les gravures.

137 — **Matteis**. — Quatre Parties du monde, figurées par le chiffre 1690 entouré de nombreuses figurines. — A la sanguine.

138 — **Monnet**. — Allégorie, pour le mariage d'un Prince. — Au crayon, rehaussé d'aquarelle.

139 — **Moucheron**. — Abreuvoir, dans les ruines. — Crayon et encre de Chine.

140 — **Nicolle** (V.-J.) — (Deux pendants). — Temples et monuments en ruine. — Deux aquarelles, de forme ronde.

141 — **Norblin**. — Le Jardin des Tuileries, en 1805. — Sépia. — Composition animée de nombreuses figures, signée et datée 1801.

142 — **Oudry** (J.-B.).—Hyène. — Beau dessin, au crayon noir, rehaussé de pastel.

143 — **Pierre**. — Jeune femme assise. — Crayon noir, rehaussé de blanc.

144 — **Prieur**. — Robespierre, amené blessé dans l'anti-salle du Conseil de Salut Public, le 28 juillet 1794.— Curieux dessin. — Plume et encre de Chine.

145 — **Prud'hon** (genre de). — Portraits de femmes en buste. — Trois dessins à la plume, sur même bristol.

146 — **Ribot**. — Plusieurs personnages, en buste. — Plume.

147 — **Rousseau** (Th.). — Paysage. — Pastel. — Signé des initiales.

148 — **Silvestre**. — Un Duel. — Sanguine.

149 — **Taunay** (N.). — La Dugazon, dans le rôle de Nina. — Signé.

150 — **Trinquesse**. — Les Amants. — Sanguine.

151 — **Vernet** (C.). — L'acteur Dosainville (a été gravé).

152 — **Voisin**. — Arabesques. — Deux dessins, à la mine de plomb.— Gravés dans le recueil de Lavallée.

153 — **Vos** (Martin de). — Vieillard assis, tenant une baguette. — Sanguine.

154 — **Wille** (fils). — Tête de jeune fille. — A la sanguine. — Signé et daté 1773.

155 — **Wille** (fils). — La Réprimande. — Sanguine.

156 — **École Allemande**. — Figures mythologiques. — Trois dessins. — Plume et encre de Chine.

157 — **École Française** (xviiie siècle). — L'Amour aux Pêches. — Pastel.

158 — **École Française.** — Portrait de Femme. — Pastel.

159 — **École Française.** — Les acteurs Caillot et Laruette, dans *Rose et Colas*. MM^{es} Trial et Laruette, dans le *Tableau parlant*.
Deux fines aquarelles, sur vélin.

160 — **École Française.** — L'Offrande à l'Amour. — Aquarelle.

161 — **École Française.** — Les Couturières. — Sépia.

162 — **École Française.** — Fillette assise. — Mine de plomb et sanguine.

163 — **École Française.** — Le Pot renversé. — Encre de Chine.

164 — **École Française.** — La Danse dans le parc. — Encre de Chine.

165 — **École Française.** — Jeune Femme, à sa toilette.

166 — **Ecole Italienne.** — Anges et Amours. — Trois dessins. — Sanguine et lavis.

167 — **Ecole Italienne.** — Décoration pour un plafond.

168 — **Inconnu.** — Les Saltimbanques. — Deux aquarelles.

169 — Dix dessins, pour illustrations par Bomet, Rmbg et autres. — Sépia et Encre de Chine.

170 — Sous ce numéro, des dessins non catalogués, environ cent cinquante.